Dieses Buch gehört

IMPRESSUM

2. Auflage, 2022
Text, Konzept & Herausgeber: Hannes Perner, Marktstraße 665, 5582 St. Michael im Lungau
Illustrationen: Victoria Eßl
Layout: Veronika Sophie Klammer
Das Buch „Luisa & Okira" ist zu hundert Prozent im Lungau entstanden.
Die Geschichte spielt in den Orten Mariapfarr und St. Margarethen.

Gedruckt im Lungau, Bundesland Salzburg/Österreich.
Druck: Samson Druck GmbH

www.samsondruck.at

ISBN: 978-3-200-07855-0

Dieses Buch widme ich
meinem kleinen Sonnenschein...

Hannes Perner
Bilder von Victoria Eßl

LUISA & OKIRA

Ein Herz und eine Seele

Es ist eine Liebe, die sich mit Worten nicht be-
schreiben lässt. Zu ihrem 9. Geburtstag wartete
wohl die größte Überraschung auf die kleine Luisa:

Ihre Eltern kauften ihr ein eigenes Pferd!
Und was für eines!

„Okira ist das schönste und beste Pferd auf der ganzen Welt", freut sich Luisa.

Tatsächlich ist die blonde Pferdemähne der Haflingerstute eine Augenweide.

Seither sind Okira und Luisa unzertrennlich. Die beiden verbringen jede nur mögliche Zeit miteinander. „Das Glück der Erde liegt auf dem Rücken der Pferde", erzählt Luisa auch ihren Schulkameraden voller Stolz. Sie gerät dabei regelmäßig ins Schwärmen. Ihre Glücksgefühle lassen sich kaum mehr verbergen.

Eifersüchtig schmiedeten einige Schulkollegen einen hinterlistigen Plan. Sie konnten das Glück von Okira und Luisa kaum mehr ertragen und mitansehen.

Eines Tages schlichen sie sich unbemerkt auf die Weide und entführten das Pferd. Mit leckeren Karotten lockten sie Okira in einen Hinterhalt.

Als Luisa wenige Stunden später auf die Weide kam, traute sie ihren Augen nicht.
Okira war verschwunden.
Luisa heulte.

Sie war unendlich traurig.

Mama und Papa eilten kurz darauf herbei und schlossen sie ganz fest in den Arm.

Für Luisa und ihre Eltern war klar: „Wir müssen schnell alle Hebel in Bewegung setzen, um unser vierbeiniges Familienmitglied schnellstmöglich wiederzufinden."

Zufällig kam ihnen am Feldweg der Dorfpolizist Ferdinand mit seinem Fahrrad entgegen. „Schönen guten Tag. Alles in Ordnung?"

Aus Luisa, sonst ein schüchternes und zurückhaltendes Mädchen, sprudelte es nur so heraus.

Sie schilderte dem Polizisten, dass Okira verschwunden ist. Sie beschrieb ihm das Pferd bis ins kleinste Detail.
„Keine Sorge Luisa. Wir werden Okira ganz bald wiederfinden. Das verspreche ich dir", gab ihr der Polizist wieder neuen Mut.

Zuhause angekommen ging Luisa Okira einfach nicht mehr aus dem Kopf. Zurück im heimeligen Kinderzimmer blätterte sie sehnsüchtig in ihrem Pferde-Fotoalbum.

Währenddessen streckte Dorfpolizist Ferdinand seine Fühler aus. Keiner kennt sich im Ort nämlich so gut aus, wie der Briefträger Horst.

„Hallo Horst! Es gibt da ein kleines Problem. Der kleinen Luisa ist das Pferd gestohlen worden. Hast du zufällig etwas gesehen?"

Horst grübelte einen Moment lang:

„Du hast recht Ferdinand. Ich kenne unseren Ort wirklich wie meine eigene Westentasche. Ich werde mich umgehend bei unseren Einwohnern umhören."

Am nächsten Tag düst Briefträger Horst mit seinem Moped wie an jedem anderen Tag von Haus zu Haus.

Besonders gut geht es ihm bei Oma Loisi in der Hofstallgasse. Dort bekommt er gelegentlich auch Kaffee und Kuchen.

„Oma Loisi. Es gibt da ein großes Problem.
Der kleinen Luisa ist das Pferd gestohlen worden.
Hast du zufällig etwas gesehen?"

Oma Loisi gießt sich noch eine Tasse Tee ein und sagt: „Gestern sind einige Kinder mit einem Pferd an der Koppel vorbeispaziert.

Vielleicht hat das etwas damit zu tun?"

Briefträger Horst ließ alles liegen und stehen und eilte so schnell es ging zu Dorfpolizist Ferdinand.

„Ferdinand, Ferdinand... Oma Loisi aus unserer Hofstallgasse hat gestern Kinder mit einem Pferd vorbeispazieren gesehen.

Hoffentlich hilft euch dieser Hinweis weiter."
Ferdinand dankte Horst und überbrachte die
erfreuliche Nachricht an Luisa und ihre Familie:

„Wir haben eine heiße Spur! Kinder wurden mit
einem Pferd gesehen. Vielleicht war es Okira."

Auch in der Schule merkten es die Kinder sofort –
irgendwas stimmte mit Luisa nicht.

„Was ist passiert? Warum bist du so traurig?",
fragte Anna, Luisas beste Freundin: „Meine Okira
ist wie vom Erdboden verschwunden. Wir finden
sie nirgends mehr."

In der Pause merkte Luisa, wie einige Buben sich über sie lustig machten. Daraufhin wollte sie nur noch allein sein und versteckte sich hinter dem Spielhäuschen.

Als die Buben kurz darauf darin spielten, traute sie ihren Ohren nicht. Die Buben sprachen über ihre Okira: „Wir können diesen Gaul nicht tagelang in der Scheune einsperren. Heute Nachmittag sehen wir nach. Wer kommt mit?", flüsterte Moritz.

Nach der Schule erzählte Luisa Anna aufgeregt von den Gesprächen der Buben.
Luisa, ihr Hund Luna und Anna verfolgten die Mitschüler heimlich. Schon aus der Ferne konnte man das Wiehern eines Pferdes hören.

Luisa war sich felsenfest sicher:
Das ist Okira!

Als die Buben schließlich bei der alten
Scheune ankamen, schlug das Pferd wild um sich.

„Was sollen wir tun? Wir können das Pferd doch
nicht ewig wegsperren", fragte Moritz verzweifelt.
Auf eine Antwort musste er nicht lange warten.

Luisa, ihr Hund Luna und Anna stellten die Entführer plötzlich: „Wie konntet ihr es wagen? Warum macht man so etwas? Ihr seid so gemein", ärgerte sich Luisa lautstark.

Die Buben ergriffen die Flucht.

Luisa und Okira waren endlich wieder vereint.
Gemeinsam mit Anna und Hund Luna spazierten
Luisa und Okira nach Hause.

Damit auch die Buben nicht ganz ungestraft davon kamen, besuchte Dorfpolizist Ferdinand die Kinder am nächsten Tag in der Schule:

„Zum Glück ist nichts passiert. Solche Streiche könnt ihr euch aber in Zukunft bitte sparen. Ansonsten sehen wir uns beim nächsten Mal auf unserem Revier!"

Luisa war unglaublich froh, Okira wieder bei sich zu haben. Ihre Glücksgefühle teilte sie fortan nur mehr mit ihren engsten Freundinnen, die ebenfalls in Pferde verliebt sind.

Der Weg zum Apfelkorb

Welche Spur führt Okira zu einem leckeren Bissen?

Kreuzworträtsel

Beantworte die Fragen um das Lösungswort zu erhalten.

1. An welchem Tag bekommt Luisa Okira?

2. Womit locken die Jungs Okira von der Weide?

3. Wo wohnt Oma Loisi?

4. Welches Tier schläft auf der Ofenbank bei Oma Loisi?

5. Wie heißt Luisas Hund?

6. Was hat der Briefträger Horst in einem Sackerl mit?

7. Wie heißt der Dorfpolizist?

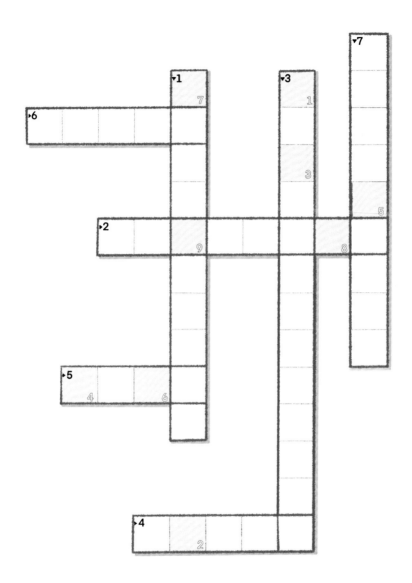

Zu welcher Pferderasse gehört Okira?

| 1 | 2 | 3 | 4 | 5 | 6 | 7 | 8 | 9 |

Bilderrätsel

Hier ist wohl einiges durcheinander geraten.
Kannst du den Gegenstand finden,
der nur einmal abgebildet ist?